KB116244

빈집

빈집

—

초판 1쇄 2022년 12월 31일
초판 2쇄 2024년   1월 17일
지은이 이태정
펴낸이 김영재
펴낸곳 책만드는집

—

주소 서울 마포구 양화로3길 99, 4층 (04022)
전화 3142-1585·6
팩스 336-8908
전자우편 chaekjip@naver.com
출판등록 1994년 1월 13일 제10-927호
ⓒ 이태정, 2022

—

* 이 책은 서울문화재단 '2020년 첫 책 발간 지원사업'의 지원을 받아 발간되었습니다.

서울문화재단

—

ISBN 978-89-7944-825-2 (04810)
ISBN 978-89-7944-354-7 (세트)

책 만 드 는 집
시인선 212

빈집

이태정 시조집

책만드는집

그대가 있는 한

지치지 않고 절망하지 말아야겠다.

서로가 아늑해지기 위해.

2022년 겨울
이태정

| 차례 |

2부

3부

4부

1부

한 수 위

표정은 태초에 없는 낱말이 됩니다
웃음은 사전에 없는 새뜻한 단어로
울음은 순전한 문장을 이루고도 남습니다

스스로 써 본 적 없는 불가능한 글자들을
엎드려 몸으로 쓰고 있는 부지런함
내 詩도 이렇게 써야 합니다
아기 앞에
엎드려 봅니다

슬픔의 포란

내 안의 슬픔이 나를 가르친 건
무릎을 끌어안고 동그마니 휘어 앉아
서글픈 표정의 것들을
살필 줄 알게 한 일

어쩔 수 없는 것들의 어쩌지 못함까지
오랫동안 연대하며
기다릴 줄 알게 한 일
울음의 무게를 재는 일
그 무게를 짊어지는 일

나이

먹으면 먹을수록
허기만 가득하다

그렇다고 설겅설겅 삼키면 체하는

오늘도 꼭꼭 씹어서

잘 먹어야 소화되는

빈집

붉게 녹슨 철문이 겨울처럼 잠긴 집은
적막이 자라기에 알맞은 습도로
자꾸만 표정을 잃어가며 무너지고 있었다

고리 빠진 문 사이로 바람만이 드나들고
나란히 앉아 있는 뒤란의 장독들은
쓸쓸한 기다림으로 곰팡이를 피웠다

우리가 한때 장독처럼 나란했던
그 시절을 불러와 아궁이에 불을 지펴
웅크려 앉아 있으면 따뜻해질 수 있을까

아니라는 생각이 단념으로 단단한 집
거미 혼자 부지런히 집을 짓고 진을 치는
무성한 바람과 잡초만이 이 집의 내력인 집

탑

돌 하나 올려놓고

마음은
내려놓습니다

돌과 돌이 껴안으며

기도처럼 뜨겁습니다

간절한 모든 것들은

저렇게

쌓이나 봅니다

5부제*

- 2020년 3월

약국 앞 풍경들이 장례식장 입구 같다
느닷없이 날아온 부고 같은 소식으로
입술에 흑백黑白의 상복 입고

줄

서

있

는

상

주

들

오 일에 한 번씩 치르는 의례 후에
이름과 생년월일 내어 주고 얻은 것은
빳빳한 부의금 같은 두 장의 마스크

굳게 닫은 입 속의 말 없는 말들만
비말처럼 빠르게 전염되는 이승에서
죽음을 살아내야 하는 우리

어~여 어~여

어기 넘자

* 2020년, 코로나 바이러스 예방을 위해 일정 기간 마스크를 배포했다.

누수

며칠째 화장실 세면대가 새고 있다
낡은 배관에서 삐걱거리는 소리들
어머니 마른 뼈에서도 그 소리가 들렸다

여자의 미소 잃은 벌어진 입가에
뜻 모를 옹알이와 침이 흐를 때
한생이 아랫도리 적시며 주책없이 새고 있다

새는 것이 이토록 뜨거운 줄 몰랐다
어금니를 깨물며 녹슨 몸을 닦는데
울음보 터트리면서 오늘은 내가 샌다

환절기

영원토록 영원할 것 같았던 겨울 뒤편
은밀히 이별의 무렵을 준비했네
함부로 머물지 않겠다는
당찬 마음 하나로

서둘러 안녕 하는 바람의 손목과
이제 막 도착해 손 흔드는 햇살이
한 번쯤
악수하고 난 뒤
이루어지는 그 무렵

마누시아 실버*

온몸에 은칠銀漆하고 인어처럼 떠다녀요
다른 이가 뭐라고 모욕해도 괜찮아요
앉아서 굶어 죽는 것보다
얼마나 다행인가요

나 하나, 거리에 나앉아서 구걸하면
저 어린것 먹이는데
그 앞에서 창피라니요

그 어떤
삶의 모욕보다 뜨거운 건
배고픔

아가미 들썩이듯 가쁜 숨 호흡으로
더 가까이 생의 민낯 들이대며 얻은 것은
자존심 그따위보다 소중한
동전 몇 닢

들키고 싶지 않은 생의 민낯 가렸지만
들키고 말았을 때 마주하는 감정으로

생은 또,
얼마나 자주
멋쩍은 듯 붉어지는가

<hr/>

* 인도네시아어로 '실버맨'. 온몸에 (얼굴까지) 은색 칠을 하고 거리에서 구
걸하는 사람.

종로3가 1번 출구

두꺼운 화장발과 몇 살 적은 나잇발로
가끔은 머리끄덩이 잡았다가 잡혔다가
결국엔 목소리 큰 사람이 이긴다는 도심 골목

소란이 끝난 뒤 찾아온 협상 시간
예사롭지 않은 시선을 건네며
한 마리 나비로 다가가 전하는 한마디

"같이 가, 잘해 줄게, 저 따라오세요."
어쩌면 간절했을, 밥벌이 구호였을
노동의 적나라함으로 벌거벗을 수 있다는 말

나란히 어깨 감싼 두 사람이 향한 곳은
세상 모든 쓸쓸함이 머무르기 좋을 만한
네온 빛 몽롱하게 돌아가는 후미진 골목 안쪽

폐사되기 전까지 웃으면서 살기 위해

눈웃음 띄우며 옷매무새 가다듬는다

덧바른 립스틱처럼
덧칠하는
생의 한때

목판화

아픔이 각오처럼 단단해진 나무는
상처도 훈장처럼 빛나는 별이 될 때
비로소 그리운 것들을 가슴에 새기네

들이치는 빗방울을 서둘러 피해 가는
가엾은 새들의 둥지를 새겨 넣고
빛나는 별 무더기를 하늘가에 수놓으면

댓돌 위 고양이가 곤한 잠에 이르고
다 자란 감나무도 한 뼘씩 키가 크는
동화 속 그림 같은 마을이
한 그루로
서 있네

음각과 양각의 날 선 조화 사이로
창을 넘은 불빛들이 마을을 밝히면
풍경이 아름다워진다
바람 한 점 불어온다

저녁의 포즈pose

어둠 속의 어둠이 밖으로 걸어 나와
소리 없는 소리에 사방이 고요해지면
스스로 밀려가고 밀려오는 저편의 질서

저무는 것들의 어깨를 품으며
아득한 눈시울로
눈부시게 바라보는 일

서둘러 가는 것들이
천천히
사라질 때까지

벼르고 한 말

두고두고 쌓아 둔 말

할 말이
참 많았다

그 많던 말들은
어디에 다 숨었나

한참을

머뭇거리다가 한 말

밥은 먹고 다니니…

문학의 밤

이름값 좀 한다는 시인 한 분 모셔놓고
나머지 무명 시인 박수 부대 동원됐다
시인과 시인만이 모여
관객은 하나 없고

언제 어디서 어떻게 태어났는지
그 빤한 레퍼토리를 처음처럼 들어주다
○○○ 시인의 밤이 새벽같이 깊어지면

서둘러 가야 하는 사람들의 볼멘소리
숲을 지킨 부엉이 울음처럼 서글펐고

밤은 더

한쪽으로만 기울었다

더-더-더-더

깍두기

그 사람을 그 자리에
부를까요 말까요

부르지 맙시다
우리끼리 봅시다

저끼리
편먹고 놀다가
아쉬울 때만 부르는

2부

택배 온 날

발신인 이름 위에 황톳빛 흙이 묻은
몸살로 캐어 올린 고구마 한 상자가
이제 막 멀미를 끝내고 가쁜 숨 뱉고 있다

오금을 추스르며 자리를 털고 나와
햇빛에 몸을 말려 화석으로 굳어가도
아프다 말하지 않는 그늘밭 속 어머니

창밖에 눈발은 조금씩 굵어지고
눈시울 붉어지며 목이 메는 이 저녁
달콤한 어머니 속살 고구마를 삼킨다

깡통 같은 저녁

파도가 싱싱한 바다를 사러 가자
유통기한 살아 있는 토막 난 바다를
노 젓는 수고 하나 없이
원터치로 만나는 밤

등 푸른 300g의 진공을 퍼먹으며
혼자여서 외롭지 않다는 홀로족의 고백처럼
가볍고 경쾌한 시간
달그락,
바닥 긁는 소리

전략적 동맹

평론가의 평론을 시인이 띄워주고
시인의 시를 평론가가 띄워주다
어느새 한통속이 된 단란한 그들 사이

뼛속까지 쓰겠다던 그 뼈가 무너지고
칼끝 같던 예리함도 무뎌지기 시작한 건
둘이서
술 한잔을 기울인
다음 날부터였다

주름치마의 자세

간격과 간격
그 사이를 유지할 것

한번 접은 마음
다시는 되돌리지 말 것

바람이 귀찮게 해도
찰랑찰랑 춤을 출 것

돼지머리

네 목을 스쳐 간 무수한 칼날 앞에
당당하고 초연할 수 있었던 까닭은
그 어떤 집착으로부터 자유로웠기 때문이다

목숨 걸고 당도한 해탈의 경지는
얼굴 가득 담겨 있는
담백한 미소 하나

그 미소
울음보다 깊구나
저리 환히 웃다니

꽃 질 무렵

종일 누워 계시는 노모의 목욕 날
앙상한 뼈마디 사이사이 내려앉은
저승꽃 만발한 몸에 물을 적신다

송이송이 잔뜩 물을 머금었다
물안개 피었다가 사라지는 순간처럼
사르르
사라져 가는
생의 시간들

거친 숨 몰아쉬며 물속에서 나오면
오늘도 저물녘
하루가 지고 있다

또르르
이부자리에
꽃이 눕는다

아침 고요

비 오는 뒤란의 토란잎을 바라본다
고스란히 잎에 매달린 빗방울이
바람의 세기를 견디며 영롱하게 앉았다

빗방울도 비를 맞아
제 무게를 이기지 못해

혼자서 눈물을 훔치지만
자국을 남기지 않는다
함부로 젖지 않는다

월남치마

바람이 살랑 불어 가끔씩 팔랑이면
사치 같은 함박웃음 지으시며 하신 말
"우얄꼬, 못 해 준 것이 너무 많아 우얄꼬…."

그 치마에 대롱대롱 매달려 따라다니다
집에 가자 보채던 철부지 어린 시절
늘어난 고무줄처럼 하루해도 길었다

척박한 자갈밭에 앉은뱅이로 앉았어도
비가 오나 눈이 오나 지지 않는 꽃 무더기
어머니 피땀 머금고 오늘도 활짝 피었다

기쁜 날

평생 밟아 오신 논길 밭길 밀어낸 자리

못다 한 효도 할 길 생겨서 좋았어요

어머니 실버타운에

산 채로 이장한 날

말매

술 취한 아비는 매질을 하셨다

"제 에미 닮아서 하는 짓도 제 에미라."

엄마를 닮았다는 말

매보다 아팠다

핀

눈밭에 내려앉은

나비 한 마리

계절을 거스르고 날갯짓 한창이다

아직은 여자이고 싶은

어머니

머리 위

뻘밭

일평생 무면허로 이 길을 달려왔다
오른발로 시동 걸어 뻘배를 밀다 보면
물컹한 감각만으로도 숨구멍을 찾는다

엎드리고 엎드려야 허락되는 하루 품삯
일자무식 어머니의 파도 같은 풍파가
갈매기 울음소리로 읽히는 밀물 시간

오늘도 이만하면 됐다는 만족으로
서둘러 뻘밭에서 돌아오는 찬 얼굴에
새꼬막 단단한 껍질처럼 겹이 지는 주름살

21세기 풍속도

고사리 도라지는 중국산 올렸어요
어포는 러시아산 산적은 호주산
차례상 차리고 있는 며느리도 필리핀댁

지겨운 햇곡식은 이제 그만 잡수시고
와인 한잔 올릴 테니 우아하게 음미하세요
조상님, 잘 드셨다구요
커피 한잔 하고 가세요

꽃등심

태어나 한 생애
꽃 한번 못 피우고

죽어서
한 부위
꽃으로 피는 너

내 앞에
한 끼 저녁으로
훨훨 지는
향연 香煙

빨래집게

본적은 구름 없는
허공 속의 외줄이고

특기는 바람 붙잡고
이빨 자국 남기는 것

각오는 평생 입 다물고
노숙을 견디는 일

3부

그 어린것들

마치 내가 배 한 척을 가라앉힌 것만 같아
마음이 침몰하던 그런 때가 있었습니다
무덤도 묘지도 없이 떠다니던
그 어린것들

잊지 않고 살겠다던 다짐들이 약해집니다
그런 내가 무섭다는 생각으로 무겁습니다
원망도 남 탓하는 것도 모르는
그 어린것들

부지런히 오래도록 기억해 내겠습니다
그날 밤 바다에 떠다니던 부표를
가슴에 띄운 채 불러 봅니다

떠오릅니다

그 어린것들

뉴페이스

-2012년 7월 10일

타임스퀘어 광장에 구호들이 떠다니고
하늘엔 오색 풍선 두둥실 떠 있어요
그녀가 단상에 오르자 군중들이 열광해요

불우한 어린 시절
전설처럼 읊으면서
아버지의 과오는 역사에 맡기래요
국민들 먹여 살릴 길은 독재밖에 없었대요

꿈도 꾸지 못한 그 시절 잊으시고
꿈이 이루어지는 꿈같은 나라 만들겠대요
세상을 바꿔야 한대요
바꾸네
바꾸네

세들의 천국

내 안에 세 들어 사는 게 너무 많아
사는 게 사는 것 같지가 않습니다
등골이 휘어지도록 날아드는 세들은

아차, 하는 순간 몸집을 불리다가
더 빠른 속도로 자꾸만 재촉합니다
탈탈탈 영혼까지 털리면 한 달이 지나갑니다

안부 편지 한 통 없는 우체통 그 안은
세들만 도란도란 모여서 기다려요
재산세, 주권 없는 주민세, 자동차세, 세들의 천국

자리

모서리 앉지 마라 말씀하신 아버지가
명퇴 후 습관처럼 모서리에 앉아 계신다
"가운데 앉으세요." 해도 고개만 저으신다

키도 작아지고 목소리도 작아지고
가장家長 자리에서 가장자리 된 아픈 이름
한사코 가운데 자리 앉혔다
눈시울이 뜨겁다

괜찮은 일

저물도록 캄캄하게
울고 난 뒤 깨달은 건
부지런히 성실하게 그 슬픈 것들과

또다시
아무렇지도 않게
오랫동안
환해지는 일

한글교실

살날보다 산 날이 더 많다는 어르신이
국민학교 일 학년 마음으로 눌러쓴
나는요 정 끝 순 입 니 다
삐뚜름한 이름 석 자

어둡지도 않은 눈 어둡다고 핑계 삼아
남의 도움 받아 눈동냥으로 겨우 쓴
자음과 모음 사이에 서러움이 맺혀 있다

연필심 부러질 때 자존심도 부러졌을
까막눈 창피함을 불 밝히며 태운다
어느 별, 그보다 아름다운 눈부신 눈동자

위안

어둠에도 오랫동안 눈빛을 보내면
환하게 답장 보내올 때 있다는 걸
반지하 계단 모퉁이
풀꽃에서 읽고 있다

괜찮아, 지낼 만해 가끔 바람 불고
때로는 눈물 나고 시린 날도 있잖아

나를 봐,
나도 이렇게
꽃 피우고 있잖아

아랫목

행주치마 입으시고 정지에 계시는
어머니 손길이 갑자기 바쁘시다
"야들아, 아버지 오셨다, 진짓상 차려라."

이불 속 깊은 곳 고이 묻어 둔 고봉밥
언제나 따뜻한 아버지 밥상인 곳
꽃이불 활짝 펼치면 한 상 되는 그 자리

투병

이제부터 내게 함부로 하지 않겠다
나를 온전히 내 것이라 하지 않겠다
그동안 아무렇게나 팽개쳐서 미안하다

정중히 물어보고 오롯이 보듬으며
고운 눈빛으로 꽃처럼 살피겠다
원해서 함께한 일 아니라도 사이좋게 나란히

불편한 진실

가죽이 벗겨진 채 피 흘리는 너구리
아직은 살아 있어 두 눈을 깜박이는데
기어이 목을 눌러서 숨통을 끊는다

위로받을 틈도 없이 던져지는 영혼들이
석회수에 담겼다가 부식제에 옮겨지면
고왔던 본성은 사라지고 모질게 부활한다

올겨울 이 도시를 주름잡을 상품으로
뚜욱-뚝 피 흘리며 쇼윈도에 걸려 있는
중국산 어그부츠에 너구리가 살고 있다

빈말의 무게

별 뜻은 없었으니
그냥 흘려보내라는

별 뜻 없는 그 뜻을
가슴에 품는 순간

자꾸만 부풀어 오른다
빈말의
그 무게

가을

운문사 담장 아래
불을 지른 단풍나무

목격자 은행나무도
노랗게 질려 있다

강 건너 불구경하듯
한가로운 사람들

독감

하나뿐인 한 사람을
한순간에 허무는 일

꽃이불 덮어쓰고
꽃잎 지듯
생이 지듯

울음도 태워 버리고
그 이름을 지우는 일

불황

허공은 풍경風磬의 바다가 되었다
가끔 부는 바람이 금속성으로 흔들릴 뿐
물 없이 수심愁心만 깊어지는 고요한 한낮

아가미 들썩이듯 입술로 하는 흥정
비린내보다 진한 소금지갑 열린다
오늘도 마수걸이 성공

지금 시간

오후 세 시

열매

최선을 다해 단단해진 다음

풋생각 하나 없이 바람을 견디다

독하게

떨어질 결단

그 생각만으로

가득한 것

4부

NO가다

하루 벌어 하루 먹고사는 내 인생은 데모도
한 달에 절반이 데마찌로 허탕인 날
마음은 철근 덩어리 무게만큼 주저앉고

실속 없는 데나오시만 며칠째 이어지다
아침 하늘 먹구름이 공구리로 굳어지면
오늘도 비가 오려나, 일하러
NO가다

새벽 한 컷

종이컵에 출렁이는 갈색 커피 한 잔이면
새벽녘 살아서 펄떡이는 활어처럼
어물전 헤집고 다니는 몸뻬바지 아지매들

파르르 타고 있는 연탄불에 손 녹이다
지나가는 사람들 옷소매 붙잡으며
언니야, 여기다, 여기!
바다를 토막 낸다

푸릇한 지폐 한 장 젖은 손에 닿으면
퉁퉁 부은 언 손처럼 희망도 부풀어
납작한 비닐 앞치마 풍선처럼 부풀겠다

남구로역

펄펄 끓는 선짓국 한 그릇 말아 먹고
서둘러 승합차에 오르는 사내들이
우시장 소 떼 같아지는
새벽 다섯 시

어디로 팔려 가는지 목적지 모르는 채
하루 일당 얼마인지 되새김질하면서
코뚜레 씌는 아픔쯤
우직하게 참고 있는

도시의 가마우지

급하게 먹은 아침 생목이 오르지만
오늘은 넥타이를 더 바짝 조인다
한 치도 느슨해질 수 없는 도시의 출근길

어제보다 더 깊은 강바닥을 잠수해서
날쌔게 먹이를 근근이 낚았지만
온전히 삼킬 수 없는
내 것 아닌 내 것들

외상값 장부처럼 늘어난 고지서와
채워도 마이너스 잔고인 통장뿐

게워도 게워 내어도
게울 것 없는
빈껍데기

값

밥값도 못 해요, 밥값은 겨우 해요

언제부터 서로를 밥값으로 매겼는지

밥이란 갑甲에게 치르는
뜨거운
몸값

어떤 충고

너는 왜 이렇게 사느냐고 물었다

이렇게 살려고 사는 게 아니라

살려고 이렇게 사는 것이라

나지막이 말했다

스카이댄서*

남의 집 잔칫날에 초대받아 왔지만

간 쓸개 다 내놓고 무릎까지 꿇으며

입꼬리 찢어지도록

웃고 있는

저 우울

수레

거미처럼 엎드린 지하보도 한 사내
양손에 구두 신고 배밀이로 기어간다

안단테
찬송가 선율에
끌려가는
수레

바닥을 끌면서도
바닥은 치지 않아

오체투지 밀고 가는 건
꿈일까 희망일까

무엇이 아름다우랴

찬란한

저 몸짓 앞에

몸도장

대출금 서류에 도장 찍고 장만한
일곱 평 상가 한 칸이 전부인 김 씨가
한 개비 담배를 물고 옥상에 올랐다

아득한 연기처럼
길 잃은 생의 미로

콘크리트 바닥에 찍고 떠난 몸도장
그의 피 인주가 되어
지워지지 않는 저녁

일방 여인숙

－방화

웃풍 심한 겨울에도 구석진 벽마다
곰팡이꽃 피어올라 꽃들과 한방 사는
두어 평 하우스 같은 쪽방촌의 겨울나기

한세상 등진 채 잠들고 싶었다는
일용직 노동자의 새벽녘 절규가
매서운 칼바람을 타고 불꽃으로 번지면

뼛속까지 스며들던 한기가 사라지고
무덤이 되어서야 온돌로 뜨거워지는
하루에 만 원 한다는
일방이 타고 있다

헛배

정규직 비정규직 등 돌리고 앉은 식당
일용직은 혼자 먹는 아름다운 점심시간
눈칫밥 식판 가득히 꾹꾹 눌러 담는다

모래 같은 밥알은 곱씹으며 다짐해도
내일은 오늘보다 달라질 게 없을 거야
내일은 내일 돼봐야 알 수가 있을 거야

오늘은 오늘이 하라는 걸 하기만 해
미래를 생각하면 체하고 말 거야
언제나 소화되지 않아 헛배만 부를 거야

바람의 정체

네 식구 책임지는 남자의 몸에는
정체 모를 바람기가 점퍼에 묻어 있고
오늘도 늦은 귀갓길 쓰러져 잠이 든다

오토바이 시동 소리로
코를 골다 뒤척이면
바람 빠진 몸으로
돌아오는 그 남자

달려라, 퀵서비스맨
바람아, 불어라

생계형 진보주의자

사심이 가득하여 마음은 굴뚝인데
의로운 척, 어설픈 투쟁가만 부르다가
슬며시 빠져나와서는 제 살길만 찾아가도

군중 속에 가려진 그 사람 이미지는
위인전 열사처럼 계보를 이어 갔고
그이를 '생계형 진보주의자'라고
우리들은 불렀다

서울역 이야기
−동행

자네 가만 보니, 이 생활 처음이지?
라면 박스 두어 장 건네는 김 씨가
여기서 새우잠이라도 자려면 챙겨 두란다

옛날, 내 생각 하니 남 일 같지 않아 그래
위쪽이 아래보다 따뜻하니 올라가 봐
여기는 내 자리니까 넘볼 생각 아예 말고

최선을 다하는 일

벌어먹고 사는 일이
얼마나 힘든 줄 알아

벌서는 마음으로
온종일 서서 일해

차라리 빌어먹는 게 나을지도 모르겠어

빌어먹고 사는 일은
거저 될 것 같아 보여

두 손 모아 하늘 향해
납작하게 엎드린 채
찬송가 쉬지 않고 부르는 일
그건 뭐
쉬운 줄 알아

간절한 모든 것들에게 보내는 위무慰撫

정용국 시인

1. 로그인

불행에 휩싸이거나 삶에 지친 사람에게 격려를 보낼 때 손을 잡고 등을 두드리며 감싸 안아 주는 것만큼 따듯한 일이 또 있을까. 이러한 접촉은 동물로서의 교감과 인간으로서의 이해와 배려가 공존하는 영역의 행위로 인식되기 때문일 것이다. 그래서 위로하여 마음을 편하게 해준다는 의미의 '위안'보다는 '어루만지어서 달래준다'라는 구체적 동작이 담긴 '위무'가 더욱 따듯하고 뜻깊은 파장을 지니고 있다고 볼 수 있다. 인간이 서로에게 전하는 이러한 위무의 가지 끝에 '시'가 존재한다고 생각한다. 고해의 인생 그 도정 위에서 만나는 무수한 언덕과 절벽 앞에서 무릎을 꿇거나 나가떨어져서 울고 있을 때 누군가

85

보내주는 작은 위무야말로 삶을 지탱하고 견디게 해주는 샘물
이 아니고 무엇이랴.

이태정의 등단은 2012년《유심》으로 기재되었지만 기실 그
이전 두세 군데의 전국 규모 시조백일장 장원 수상이 있었고
또 하나 지워버릴 수 없는 자취가 있으니 바로 제20회 전태일
문학상 수상 기록이라 할 수 있다. 전태일문학상은 자유시의
경계였지만 그의 시 세계를 암시하듯 진한 여운이 담겨 있는
작품이라 하겠다.

오버로크 박을 땐 힘이 솟았다
가느다란 실오라기들이 횡대로 드러누웠다
도로 위에 드러누운 시위대의 인간 띠처럼
가늘게, 그러나 촘촘히 박혔다
  −「오버로크」끝부분(제20회 전태일문학상 시 부문 수상작)

오버로크는 섬유 제품의 끝단이 풀리지 않도록 마무리할 때
쓰는 바느질법의 한 종류이다. 그래서 접은 단의 끝이 풀리지
않도록 연결 부위를 횡으로 오가며 박아나가게 되어 있다. "실
오라기들이 횡대로 드러누웠다"라고 표현한 부분은 "시위대의
인간 띠"와 비견되며 시대 상황은 물론이고 전태일의 짧고 강

력했던 생애를 단숨에 압축하는 상승효과를 연출하였다. 또한 "가늘게, 그러나 촘촘히 박혔다"로 마무리된 부분은 작고 왜소한 개인일지라도 서로 깊게 연대할 때 강력한 힘을 뿜어낼 수 있다는 커다란 암시를 펼쳐내며 암울했던 사회에 희망과 용기를 안겨준 작품으로 기억되고 있다. 비록 시조의 율격을 지니지는 않았지만 시인 이태정의 기개와 꿈을 들여다볼 수 있는 가락이었다.

   시인이기 이전에 사람 이태정을 한마디로 말하라 한다면 그는 다랑논 사이 풀숲에 뒤덮인 둠벙 같다는 느낌이 든다. 샘물이 단정하고 말끔하게 차려진 곳이라면 둠벙은 그저 물이 고여 있기는 하지만 누구도 돌보지 않아서 잡풀에 숨겨진 곳이라 하는 게 맞춤한 말일 것이다. 시인들이 모이는 그 많은 시상식이나 단체의 총회장에도 잘 나타나지 않고 작품도 그렁저렁 누구에게 추어지지도 못하며 살며시 몇 편씩 어렵게 받아 적는 사람이다. 그래서 누가 그의 작품에 주목하거나 무얼 하며 사는지 생사를 궁금해하지도 않지만 시인 이태정은 홀로 우뚝 제 가슴에 물을 담고 사는 둠벙 같은 사람이다. 그의 첫 시조집을 내는 일에 손을 보태게 되었으니 쭈그렁 반문이나마 다행스럽게 생각하며 글을 연다.

2. 간절과 절망 사이

시조집 제목을『빈집』으로 정하는 데 반대하는 의견이 있었
다고 들었다. 제목은 어딘가 조금 따뜻하고 부정을 내포하는
의미가 없어야 좋다는 생각 때문이었으리라. 다른 몇 가지의
제목을 두고 설왕설래하였지만 저자의 생각이 애초부터 거기
에 꽂혀 있는 듯했다. 그래서 나중에 곰곰 생각의 끝을 추슬러
보니 반야심경의 경구인 '공불이색空不異色'에 가닿아 있다는
생각이 들었다. 공과 색이 다르지 않듯이 '빈집'은 결국 "그 시
절을 불러와 아궁이에 불을 지펴/ 웅크려 앉아 있으면 따뜻해
질 수 있을까"라는 작품의 내용에 스스로 답을 하고 있다는 생
각에 가서 머물렀기 때문이다. 마치 정의가 불신과 절망이라
는 씨앗에서 움이 트고 자라나듯이 간절한 바람은 절망을 딛고
스스로 꽃을 피우리라는 믿음이 생겼으니 빈집은 결코 그냥 텅
빈 집이 아니었던 것이다.

붉게 녹슨 철문이 겨울처럼 잠긴 집은
적막이 자라기에 알맞은 습도로
자꾸만 표정을 잃어가며 무너지고 있었다

고리 빠진 문 사이로 바람만이 드나들고

나란히 앉아 있는 뒤란의 장독들은
쓸쓸한 기다림으로 곰팡이를 피웠다

우리가 한때 장독처럼 나란했던
그 시절을 불러와 아궁이에 불을 지펴
웅크려 앉아 있으면 따뜻해질 수 있을까

아니라는 생각이 단념으로 단단한 집
거미 혼자 부지런히 집을 짓고 진을 치는
무성한 바람과 잡초만이 이 집의 내력인 집
　－「빈집」 전문

　사회학의 관점에서 「빈집」을 살펴보면 우리가 직면하고 있
는 현실의 문제와 직결된다. 선진화의 과정에서 인구가 감소하
고 1인 가구가 증가하면서 빈집은 늘어날 수밖에 없다. 더군다
나 고령 인구가 차지하는 비율이 높아지고 농어촌 지역의 인구
는 급격하게 줄어서 지방의 군 단위가 소멸될 것이라는 통계가
속속 보도되고 있다. 지방의 학교와 병원들이 문을 닫고 공영
버스가 끊어지는 최악의 상황이 펼쳐지고 결국에는 60만 대군
을 유지할 수 있는 병력도 채우기 어려울 지경이 바로 코앞에
다가와 있는 것이 현실이다. "녹슨 철문", "거미", "무성한 바람

과 잡초" 등 '빈집'을 상징하는 시어들이 현실과 우리의 미래를 삭막하게 보여준다. 시인은 용기를 내어 "우리가 한때 장독처럼 나란했던" 시절을 호명해 보지만 그 외침은 허전하고 갈피를 잡기 어렵다. 이제 이러한 사회의 제반 문제들이 한낱 시조의 구절에서만 울림을 낼 일이 아니라는 것을 '빈집'을 통하여 시인은 말하고 있다. 인구정책이나 국가의 제반 문제들을 해결하려면 철 지난 구호나 탁상공론으로는 불가능하며 정부의 믿을 수 있는 방안이 강구될 때 '빈집'도 '인구 감소'도 '소멸'도 저절로 해결될 것이다.

온몸에 은칠銀漆하고 인어처럼 떠다녀요
다른 이가 뭐라고 모욕해도 괜찮아요
앉아서 굶어 죽는 것보다
얼마나 다행인가요
―「마누시아 실버」 첫째 수

폐사되기 전까지 웃으면서 살기 위해
눈웃음 띄우며 옷매무새 가다듬는다

덧바른 립스틱처럼
덧칠하는

생의 한때
―「종로 3가 1번 출구」 마지막 수

한적한 지방에선 인구가 감소하고 빈집이 늘어나는 것과 반대로 도심에는 온몸과 얼굴까지 은색 칠을 하고 거리에서 구걸하는 사람과 생계를 위해 몸을 파는 노인에 이르기까지 인구가 너무 많이 밀집된 것이 문제다. '마누시아 실버'와 '박카스 할머니'에게 우리는 '거지'나 '창녀'라는 말을 당연하게 사용할 수 있을까. 그러기에는 너무나 많은 문제와 동기와 모순이 혼재한다. 이태정은 다양하고 복잡한 우리 사회가 안고 있는 문제들을 심각한 시선으로 바라보고 있다는 것을 작품을 통해서 알 수 있다. 시인은 '시인의 말'에서 "그대가 있는 한/ 지치지 않고 절망하지 말아야겠다./ 서로가 아늑해지기 위해"라고 했다. '그대'라는 대상을 시조 또는 우리 사회라고 확대해석해 보더라도 그가 문학과 현실이라는 양면에 얼마나 큰 애정을 가지고 고민하는지를 감지할 수 있다. '시대와 문학' 또는 '이상과 현실'의 괴리가 '서로 아늑해지기 위해'서는 그 사이에 얽혀 있는 엄청난 갈등과 마찰을 해소해야만 한다. 선진국으로 가는 길목에 서 있는 우리 사회는 부의 양극화라는 복병을 만나서 사회전체가 불균형의 위험에 방치되어 있다. 그래서 국가의 지위가 향상되고 경제 능력이 확대되더라도 개인이 체감하고 누릴 수 있는 부의 규모와 질은 급격하게 좋아지기 어렵다. 또한 개인들이 느끼는 상대적 불평등으로 말미암은 박탈감은 극복하기 쉽지 않은 난제라고 할 수 있다.

돌 하나 올려놓고

마음은
내려놓습니다

돌과 돌이 껴안으며

기도처럼 뜨겁습니다

간절한 모든 것들은

저렇게

쌓이나 봅니다
　　－「탑」 전문

난제가 가득한 사회에 살고 있는 개인이 겪고 감내해야 하는 문제 또한 만만치 않다. 사교육의 폐해는 해결될 기미가 없고 기업과 노동자의 마찰은 더욱 심화되는 경향을 보인다. 국제 정세도 점점 강대국들의 대결의 장으로 확대되며 전쟁과 강압 적 예속과 견제가 횡행하고 있다. 이러한 대결을 해소하고 평 화의 축으로 쌓으려면 "탑"과 같은 "간절한 모든 것들"이 모여 야 한다. 탑은 균형과 높이를 잘 지켜야 아름다운 모습을 구축 할 수 있다. 무겁고 거대한 돌이 높게 쌓아지려면 이 두 가지 요 소가 조화를 이루어야 한다. "올려놓고" "내려놓"고 "껴안으며" 가야 하는 과정은 "기도처럼 뜨겁습니다"라는 표현이 탑을 쌓 고 평화를 구축하려는 어려운 길을 자연스럽게 보여주고 있다. 공과 색이 다르지 않고 하나이듯 간절한 마음과 절망의 나락도 하나의 길이며 같은 도정이라고 생각하는 시인의 넓고 큰 마음 과 마주한다.

스스로 써 본 적 없는 불가능한 글자들을
엎드려 몸으로 쓰고 있는 부지런함
내 詩도 이렇게 써야 합니다
아기 앞에
엎드려 봅니다
　－「한 수 위」둘째 수

"아기 앞에/ 엎드려" 보는 시인의 마음은 "불가능한 글자들"
도 정성과 열의로 극복하고 "내 詩도 이렇게 써야 합니다"라는
고백으로 뜨겁다. 화자의 표현대로 글로 쓰기가 "불가능한" 것
이라면 얼마나 많은 왜곡과 편파로 가득 차 있을까 생각해 보
라. 우리 사회는 이렇게 말로 다 할 수 없는 많은 부조리와 모순
으로 가득하다는 뜻이다. "엎드려 몸으로 쓰고 있는 부지런함"
과 정직한 각오로 쓴 시라면 조용하게 쌓여서 탑이 될 수도 있
겠다.

3. 꽃 피고, 지는 일도 아프다

이 세상에서 여성으로 살아가는 것은 남자에 비해 힘들고 불
평등하다. 유교 사상이 지배했던 한반도뿐만 아니라 어느 곳이
든 여성에게는 불리하고 편파가 많았다. 이러한 실상은 아직도
종교나 관습의 형태로 여성을 옥죄고 괴롭힌다. 아무리 법률에
여성의 권리가 보장되고 양성평등이 강조된다고 할지라도 여
성은 체력으로 보아도 열세이고 자식을 낳아 양육해야 하는 생
리의 특성으로도 남성에 비해 불리하고 과도한 책임이 강요된
다. 부부가 각자 직장을 가지고 삶을 영위한다고 해도 임신과
출산의 엄청난 고통과 무게는 오롯이 여성의 몫이고 육아의 상

당한 부분도 여성이 담당할 수밖에 없는 실상은 누구도 부인하기 어렵다. 신이 바쁘고 할 일이 많아서 어머니를 대신 두었다는 말이 있을 만큼 여성의 책임은 거의 무한에 가깝다. 더군다나 경제가 활성화되지 못하고 빈곤한 곳에서는 여성이 해결해야 할 일이 훨씬 더 많아지는 것이 현실이다. 우리 부모님 세대는 일제강점기의 혹독한 현실을 뚫고 전쟁을 거치며 빈곤과 핍박을 동시에 겪어야 했다. 자신들의 노후를 걱정하기는커녕 가족의 양식과 자식의 교육비를 억척과 희생으로 버텨낸 세대라 하겠다. 그들이 헤쳐 온 험난한 길과 고생의 실체는 이루 말로 표현하기 어려운 도정이었다.

며칠째 화장실 세면대가 새고 있다
낡은 배관에서 삐걱거리는 소리들
어머니 마른 뼈에서도 그 소리가 들렸다

여자의 미소 잃은 벌어진 입가에
뜻 모를 옹알이와 침이 흐를 때
한생이 아랫도리 적시며 주책없이 새고 있다

새는 것이 이토록 뜨거운 줄 몰랐다
어금니를 깨물며 녹슨 몸을 닦는데

울음보 터트리면서 오늘은 내가 샌다
 -「누수」전문

  여기 그 험난한 길을 거치며 다 망가진 육신 하나 고통의 시간을 견디고 있다. "마른 뼈"에서는 "삐걱거리는 소리"가 들리고 "한생이 아랫도리 적시며 주책없이 새고 있다"는 표현만 보아도 어머니의 상태는 중증으로 판단된다. "누수"라고 표기한 시제는 한없이 건조하고 야멸차지만 "새는 것이 이토록 뜨거운 줄 몰랐다"라고 적은 화자의 감정은 절박하다. 결국 "어금니를 깨물며 녹슨 몸을 닦는데/ 울음보 터트리면서 오늘은 내가 샌다"로 마무리한 마지막 수 중·종장에서 누수의 실체는 최고조로 증폭되어 터지고 말았다. 앞에 적은 부모 세대의 시대상이 아니더라도 말년의 인생이란 험하기 마련이지만 역사의 뒤안길을 고되게 걸어온 세대들이어서 그 아픔과 회한은 배가되는 것이리라.

  종일 누워 계시는 노모의 목욕 날
  앙상한 뼈마디 사이사이 내려앉은
  저승꽃 만발한 몸에 물을 적신다

  (…중략…)

거친 숨 몰아쉬며 물속에서 나오면

오늘도 저물녘

하루가 지고 있다

또르르

이부자리에

꽃이 눕는다

　　–「꽃 질 무렵」부분

　"저승꽃 만발한" 노모의 육신은 가랑잎처럼 "또르르/ 이부자
리에/ 꽃이 눕는다"로 끝을 맺지만 이어지는 오랜 투병 기간은
본인뿐 아니라 가족들에게도 힘에 겨운 나날이다. 본디 꽃은
식물의 절정기를 상징하는 생명의 지극한 모습이지만 「누수」
와 「꽃 질 무렵」의 시간은 애잔하고 힘겹다. 그러나 죽음은 생
의 한 과정으로 보면 너무나도 자연스러운 현상이다. 쇠약해진
어머니는 한때 "아프다 말하지 않는 그늘밭 속 어머니"였다. 몸
이 닳도록 농사를 지어 보내준 "달콤한 어머니 속살" 같은 고구
마를 "눈시울 붉어지며 목이 메는 이 저녁"에 삼킨 「택배 온 날」
은 오히려 위안으로 다가온다. "어머니 실버타운에/ 산 채로 이
장한 날"로 기록한 「기쁜 날」은 또 얼마나 역설에 가까운가. 이

태정이 풀어낸 노모의 기록은 중년의 한국 여성들에게는 공통되는 추억일 수도 있다. 내남없이 궁한 시절을 살아온 70년대는 한국이 기아선상에서 스스로 걸어 나온 기적의 시간이었으니 말이다.

4. 슬픈 것들과 사이좋게 환해지는 일

인간이 표현하는 감정은 다양하지만 눈물은 그 모든 것들을 내포하는 표출물이다. 슬플 때는 물론이고 감정이 최고조에 달한 기쁨의 현장에서도 인간은 눈물을 흘리기 때문이다. 생의 도정에서 만나 부딪히며 풀고 넘어가야 하는 수많은 문제들은 고되고 힘에 벅찬 것들이 많다. 그것들과 마찰을 빚고 상처를 받으며 그래도 헤쳐 나가야 하는 인생의 고갯길은 슬픈 일들로 가득하다. 그중 가장 어려운 문제는 나에게 발생하는 병과 화를 해소하는 일이다. 그 외에도 가족과의 불화는 기본이고 학교나 직장 더 나아가 사회와 국가에 이르기까지 불화는 늘 화근 덩어리가 아닐 수 없다. 그러니 인생은 온통 눈물범벅이라 해도 과언이 아니다.

이제부터 내게 함부로 하지 않겠다

나를 온전히 내 것이라 하지 않겠다
그동안 아무렇게나 팽개쳐서 미안하다

정중히 물어보고 오롯이 보듬으며
고운 눈빛으로 꽃처럼 살피겠다
원해서 함께한 일 아니라도 사이좋게 나란히
　－「투병」전문

　　자기 자신을 작은 틀에 가두어놓고 들볶으며 사는 게 보통
사람들의 인생일 수도 있다. 또는 반대로 자신을 방기하거나
함부로 내돌려서 몸과 마음을 망치는 경우도 허다하다.「투병」
은 이러한 자신과의 사이에서 벌어지는 과정에 대한 반성에서
출발한다. 몸이 아프면 인간은 자연스럽게 자신의 생활과 정신
을 돌아보게 된다. 오히려 작은 아픔은 큰 병마가 들어오는 것
을 막고 미리 보살피라는 중요한 신호이기도 하다. 그러니 자
상하게 점검하고 매만져 주어야 하는 것이 우리들의 몸이다.
"함부로 하"거나 "아무렇게나 팽개쳐" 두어서는 안 될 일이다.
"정중히 물어보고 오롯이 보듬으며" "꽃처럼 살"펴야 탈이 없
다. 그래서 병을 다스리는 일은 몸과 정신이 "사이좋게 나란히"
갈 수 있게 만들어준다. 그러니 이 작품은 은근하고 살가워서
「투병」이라기보다는「항복」이라고 해도 좋을 듯하다.

어둠에도 오랫동안 눈빛을 보내면
환하게 답장 보내올 때 있다는 걸
반지하 계단 모퉁이
풀꽃에서 읽고 있다

괜찮아, 지낼 만해 가끔 바람 불고
때로는 눈물 나고 시린 날도 있잖아

나를 봐,
나도 이렇게
꽃 피우고 있잖아
　－「위안」 전문

　「투병」이 자신의 몸과의 소통이라면 「위안」은 정신과의 화
해이며 문안이다. 시인은 "반지하"의 우중충한 곳 아주 작은
"풀꽃"에서 "어둠에도 오랫동안 눈빛을 보내면/ 환하게 답장
보내올 때 있다는" 엄청난 교훈을 얻는다. 그 깨달음으로 타자
에게 다시 '위안'의 말을 건네는 선지식을 얻게 되는 것이다. 그
리하여 "가끔 바람 불고" "눈물 나고 시린 날도" 이겨내고 새롭
고 환하게 "꽃"을 피우기 위한 힘을 키우는 것이 삶이라고 말하

고 있다. 그러니 불화에서 받은 상처는 다시 생의 교훈이 되고 더 큰 언덕을 넘어가는 힘이 되어 돌아오는 것이다. 결국 삶의 모든 슬프고 힘든 것들과 사이좋게 환해지는 것은 생의 최종 목표가 아니고 무엇이겠는가.

저물도록 캄캄하게
울고 난 뒤 깨달은 건
부지런히 성실하게 그 슬픈 것들과

또다시
아무렇지도 않게
오랫동안
환해지는 일
–「괜찮은 일」 전문

울음은 마음속에 응어리진 억울하고 답답한 것들을 토해내는 과정이다. 쌓인 울분과 분노는 빨리 해소하지 않으면 더욱 커지고 정신의 위중한 병이 될 수 있다. "부지런히 성실하게 그 슬픈 것들과" 대화하고 다독여 주어야 한다. 그래서 문제를 해결하고 "아무렇지도 않게" "환해지는 일"이야말로 중요하고 "괜찮은 일"일 것이다. 인간의 행보는 결국 끊임없는 화해로 다

져서 미래를 열고 생을 기름진 알곡으로 키워낼 때 큰 보람을 느끼게 될 것이고 그것은 '괜찮은 일'을 너머 '위대한 역사'가 되고도 남겠다.

5. 내일은 내일의 해가 풍선처럼 부풀었으면

현대사회의 불안은 확실하게 예측할 수 없는 미래에서 기인한다. 또한 예측해 보아도 별다른 대책을 강구하기 어려운 상황은 더욱 심각한 문제라 할 수 있다. 한국은 OECD 국가 중에서 자살률 1위와 출산율 꼴찌를 단골로 차지하고 있다. 불확실한 미래는 자살을 유도하고 더 나아가 2세 출산을 포기하게 하는 악순환을 거듭하고 있는 현실이다. 아무리 국가의 재정 지표와 경제 통계가 좋다고 하더라도 그것이 서민들의 삶과 직결되지 않을 때는 분명히 불통의 이유가 따로 존재하고 있는 것이다. 우리 사회는 언제나 강자 독식의 야수 자본주의가 철저하게 작용하고 있어서 소통을 이루기 어렵다. 12년 동안 살인적인 교육과정을 통해 성적순으로 차지하게 되는 소위 엘리트 코스는 거만하고 위선에 가득한 기득권 세력을 양산하게 된다. 이 거대한 구조를 개선하기 위한 사회 변화를 기대하는 것이 난망한 한국 사회가 국민들의 불안을 초래하는 것이라고 보아도 틀림없다. 이 글은 이러한 사회제도를 개선하려는 목적의 글이 아니지만 이태정의 작품에는 분명 이러한 소재가 많이 존재하고 그것을 고심한 흔적이 역력하므로 기본적인 것만 피력하려는 것이니 독자들의 양해를 바랄 뿐이다.

정규직 비정규직 등 돌리고 앉은 식당
일용직은 혼자 먹는 아름다운 점심시간
눈칫밥 식판 가득히 꾹꾹 눌러 담는다

모래 같은 밥알은 곱씹으며 다짐해도
내일은 오늘보다 달라질 게 없을 거야
내일은 내일 돼봐야 알 수가 있을 거야

오늘은 오늘이 하라는 걸 하기만 해
미래를 생각하면 체하고 말 거야
언제나 소화되지 않아 헛배만 부를 거야
 -「헛배」전문

같은 직장에서 같은 작업을 하면서도 노동자들이 정규직과 비정규직으로 나뉜다는 것은 그 자체가 비합리며 불평등이라고 할 수 있다. 그러나 이런 문제를 개선하는 데 앞장서야 할 노동조합조차도 솔직히 자기 밥그릇 챙기기에 급급한 것이 현장의 실체이다. 그렇다 보니 노동조합도 정규직과 비정규직 조합으로 나뉘어 운영되는 웃지 못할 현실이 존재한다. 내일을 기대하기 어려운 '비정규직'에게는 언제나 불확실한 미래가 따라다닌다. "내일은 오늘보다 달라질 게 없을 거야"라는 예측에는 이미 "눈칫밥 식판"이 냉랭하게 놓여 있다. "미래를 생각하면 체하고 말" 것이라는 최악의 기대치는 "소화되지 않아 헛배만 부"른 위궤양의 사회를 초래하고도 남는다. 그래도 시인은 끊임없이 이러한 사실들을 이야기해야 한다. 지금이 어느 땐데 이런 구시대의 표현을 하느냐고 하면 안 된다. 우리 사회는 아직도 노동조합의 결성률이 절반에도 이르지 못한 실정이기 때문이다. 보수언론은 강성노조 운운하지만 그들은 잘못된 노조의 길을 가고 있는 몇몇 귀족노조라고 해야 한다. 수출에 목을 맨 재벌들의 꼬리를 잡고 있는 정부에게 기댈 것이 없기도 한 것은 더욱 슬픈 일이다. "헛배"가 부른 이유를 찾아내고 개선해야만 '미래'가 보장되는 평안한 사회가 완성되리라 믿는 마음으로 이러한 작품을 썼을 것이니 시인의 바람은 아직 갈 길이 멀고 먼 정당한 현실의 구축에서 끝날 것으로 생각한다.

급하게 먹은 아침 생목이 오르지만
오늘은 넥타이를 더 바짝 조인다

한 치도 느슨해질 수 없는 도시의 출근길

어제보다 더 깊은 강바닥을 잠수해서
날쌔게 먹이를 근근이 낚았지만
온전히 삼킬 수 없는
내 것 아닌 내 것들

외상값 장부처럼 늘어난 고지서와
채워도 마이너스 잔고인 통장뿐

게워도 게워 내어도
게울 것 없는
빈껍데기
－「도시의 가마우지」전문

중국 강소성에는 가마우지 낚시꾼들이 있다. 물고기를 잘 잡는 가마우지의 습성을 이용해 낚시를 하는데 가마우지는 줄곧 잡은 물고기를 어부에게 다 빼앗기는 게 실상이다. 이러한 상황은 "도시의 출근길"을 나서는 직장인을 상징하고 있다. "온전히 삼킬 수 없는/ 내 것 아닌 내 것들"에는 월급쟁이의 고단함이 묻어나지만, 자칫 직장과 사회를 보는 시각을 의심받을 수도 있겠다. "게워도 게워 내어도/ 게울 것 없는" 가마우지의 처지가 "빈껍데기" 직장인의 입장을 대변해 주는 듯하다. 애초에 자본주의라는 것의 실체가 비인간적인 것이고 야박해서 이미 서구에서는 개량되고 수정된 자본주의로 탈바꿈한 지 오래지만 우리 사회는 미국을 닮아 야수의 모습을 바꾸지 못하고 있다. 어쩌면 근로자와 사용자는 서로의 이익을 앞세워 반대편에 대립하고 서 있는 존재여서 해결의 방법이 없어 보일지도 모르나 공동의 목표를 조정하고 상생의 여지를 고려한다면 이렇게 적나라한 상황을 극복할 수도 있지 않을까. 현대사회의 최대 고민과 작가의 희망은 바로 여기에서 만난다. 그러려면 '가마우지'의 형편이 개선되어야 가능하다.

종이컵에 출렁이는 갈색 커피 한 잔이면
새벽녘 살아서 펄떡이는 활어처럼
어물전 헤집고 다니는 몸뻬바지 아지매들

파르르 타고 있는 연탄불에 손 녹이다
지나가는 사람들 옷소매 붙잡으며
언니야, 여기다, 여기!
바다를 토막 낸다

푸릇한 지폐 한 장 젖은 손에 닿으면

통통 부은 언 손처럼 희망도 부풀어

납작한 비닐 앞치마 풍선처럼 부풀겠다

　―「새벽 한 컷」 전문

　새벽에 지하철 첫차를 타본 사람은 알 것이다. 5시 30분에 종점을 출발하는 수많은 지하철에는 노동 현장으로 떠나는 노동자들의 모습으로 가득하다. 모자를 눌러쓴 외국 근로자들과 나이가 지긋하게 든 중년의 남자들이 대부분이다. "펄펄 끓는 선짓국 한 그릇 말아 먹고/ 서둘러 승합차에 오르는 사내들이/ 우시장 소 떼 같아지는/ 새벽 다섯 시"라고 표현한 「남구로역」에서 느낄 수 있는 도시 노동자들의 애환은 새벽 "어물전 헤집고 다니는 몸뻬바지 아지매들"에게서도 절절하게 느껴진다. "연탄불에 손 녹이"며 "바다를 토막 낸다"는 "언니"들의 목소리가 시끌벅적하다. 잠을 애써 물리고 받아들여야 하는 새벽은 경건하기 이를 데 없다. 바로 그곳에 살아 숨 쉬는 사람의 온기가 있기 때문이리라. 일이 끝날 때쯤에는 "푸릇한 지폐"로 "납작한 비닐 앞치마 풍선처럼 부풀"어 가득 찼으면 좋겠다. 이태정이 찍어낸 「새벽 한 컷」에는 고단보다 희망이 커서 좋고 사람 냄새가 끈끈해서 더 좋다.

6. 로그아웃

　이태정의 첫 시조집 『빈집』은 그가 등단 10년 만에 내놓는 작은 둠벙이다. 마른 논에 물을 대면 작은 물고기도 한껏 자유를 누릴 수 있는 다랑논 사이에 있는 비무장지대이다. 그의 생각은 늘 외로운 편에 서 있는 듯해도 자세히 보면 따뜻하고 의롭다. 어쩌면 그것은 「오버로크」의 기억에서 비롯한 것인지도 모르겠다. 어느덧 불혹을 건너 지천명에 발을 디딘 이태정의 행보는 조심스러우면서도 당차고 우울하면서도 벅찬 이면을 표출하고 있다. 꽃을 피우기 위해 전력투구하는 식물들의 열의와 새끼를 낳아 기르는 어미들의 고단함이 교차하는 『빈집』을 읽으면 새벽 어물전 언니의 "퉁퉁 부은 언 손처럼 희망도 부풀어"나고 "간절한 모든 것들"이 모여 절망을 뛰어넘는 장삼이사의 쉰 목소리가 들린다. 시인에게 10년의 간격은 너무 멀다. 이태정의 간절함이 더욱 커져서 옹골진 두 번째 시조집을 빨리 볼 수 있게 되기를 기대하며 글을 맺는다.